GUÍA DE LECTURA

Escrita por Hadrien Seret
Traducida por Tamara Montes Blanco

El coronel Chabert

de Honoré de Balzac

Entiende fácilmente la literatura con

ResumenExpress.com

www.resumenexpress.com

HONORÉ DE BALZAC

ESCRITOR FRANCÉS

- **Nacido en 1799 en Tours (Francia)**
- **Fallecido en 1850 en París (Francia)**
- **Algunas de sus obras:**
  - *Los Chuanes* (1829), novela
  - *Eugenia Grandet* (1833), novela
  - *Papá Goriot* (1835), novela

Honoré de Balzac (1799-1850) es uno de los mayores escritores franceses del siglo XIX. Ya de joven, se abre las puertas de los ambientes aristocráticos parisinos, los cuales no dejará de frecuentar. Pero negocios desastrosos y un tren de vida excesivo harán que no tarde en arruinarse: la escritura literaria, practicada con pasión y asiduidad, se convertirá para él en el único medio de saldar sus deudas.

Ambicioso, se aplica en crear una obra monumental, *La comedia humana*, que cuenta con más de noventa novelas y cuyo objetivo es confeccionar una exhaustiva descripción de la sociedad de su época (para «hacerle la competencia al registro civil»). Entre sus novelas más célebres, encontramos *Eugenia Grandet* (1833) o *Papá Goriot* (1835).

Se considera que Balzac es uno de los padres de la novela realista moderna.

EL CORONEL CHABERT

UNA TRAMA CAUTIVADORA

- **Género:** relato
- **Edición de referencia:** de Balzac, Honoré. 2011. *El coronel Chabert*. Traducido por Joaquín García Bravo. Madrid: Funambulista. E-book en PDF
- **Primera edición:** 1832
- **Temáticas:** honor, guerra, venganza, matrimonio, dinero

El coronel Chabert es un relato que salió a la luz en 1832, pero cuya versión definitiva no se publicó hasta 1845. Pertenece a *Escenas de la vida privada* de *La comedia humana* y cuenta la lucha de Jacinto Chabert, antiguo coronel del ejército de Napoleón, para recuperar su honor, sus bienes y a su mujer, después de que lo dieran por muerto.

Este combate es la oportunidad perfecta para que el autor narre los terribles actos que provoca la unión de amor y dinero, todo ello en un universo que oscila constantemente entre la miseria de Chabert y la riqueza de su mujer.

RESUMEN

En París, en el despacho de un procurador, unos pasantes trabajan en un ambiente bastante distendido. En medio de sus exclamaciones, ven llegar a un anciano con aspecto de desgraciado que pide ver al jefe, un tal señor Derville. Pero los pasantes le informan de que este, muy solicitado, no pasa por el despacho hasta la noche: tendrá que volver hacia la una de la madrugada si quiere encontrarlo.

El extraño hombre se vuelve a presentar en el lugar a la hora mencionada, y esta vez es recibido por Derville. Entonces, le confiesa su verdadera identidad: se llama Jacinto Chabert y en Francia es conocido con el título de coronel Chabert; es famoso por sus proezas en el campo de batalla y por su heroica muerte en Eylau.

En realidad, resulta que no sucumbió: lo creían muerto porque se encontraba en estado de catalepsia (proceso durante el cual un individuo cae en un profundo desvanecimiento sin que ello provoque la degradación de sus funciones vitales) y entonces lo enterraron en una fosa. Cuando recobró el conocimiento, con malestar general y una grave herida en la cabeza, tuvo que salir de ese enterramiento; la vida se la debe a una pareja que lo recogió y albergó. Pero, puesto que su estado era grave, lo enviaron al hospital de Heilsberg para que recibiera los cuidados más adecuados. En este establecimiento recuperó la salud y se acordó de que era el coronel Chabert. Al reivindicar este apellido, se dio cuenta de que todo el mundo lo tomaba por loco, la noticia de su fallecimiento había llegado a oídos de todo el mundo. Tan solo hubo un médico que creyó su historia y le redactó ante notario un expediente que demostraba su identidad.

Expulsado del hospital, Chabert vagó un poco por todas partes y le contó su historia a los que querían escucharla: finalmente, lo encerraron en un psiquiátrico de Stuggart y dos años más tarde lo liberaron por buena conducta. Poco después, se encontró con Boutin, un antiguo soldado que había estado a las órdenes del coronel y que reconoció a su antiguo superior al instante. Entonces, lo envió a París para solicitar la ayuda de la condesa de Ferraud, su antigua mujer. Pero, puesto que no recibía ninguna asistencia, se dirigió él mismo a la capital, donde se enteró de su propia muerte, de la apertura de su testamento y de que su ahora exesposa se había vuelto a casar. Aunque él le haya escrito varias cartas, esta última continúa negando su existencia. Para vengarse de ella y recuperar sus bienes, el coronel Chabert desea contar con la colaboración de Derville.

El procurador, al contrario de los otros juristas a los que el viejo militar ha consultado, se toma el asunto muy en serio: comunica que hará que envíen el expediente de Heilsberg a su oficina y que se esforzará al máximo para que el coronel salga ganando. Asimismo, le ingresará un poco de dinero cada mes para que pueda vivir mientras espera a que tenga lugar un contingente proceso judicial.

Tres meses después, Derville va a visitar a su cliente. Este se aloja en casa de Vergniaud, un antiguo soldado de su regimiento que ahora es vaquero (persona que ofrece comida, y a veces cobijo, a cambio de cierta suma de dinero). En este triste escenario, el procurador le explica al coronel que es factible que se inicie un proceso, pero que costará muy caro en vista de las circunstancias excepcionales del caso. Asimismo, informa al anciano de que, puesto que su testamento ya ha sido ejecutado, no puede esperar recuperar más que un cuarto de su fortuna. Puesto que les resulta imposible adelantar la suma necesaria para iniciar las diligencias, Derville se propone como mediador para intentar conseguir un acuerdo amigable entre él y la señora Ferraud. El coronel acepta y le concede confianza plena a su benefactor.

Derville se dirige a casa de la condesa, a la que conoce bien, ya que es una de sus clientes. Ahí, despliega toda su inteligencia para engañar a la antigua mujer del coronel: insiste en la fragilidad de su nueva unión y en las aspiraciones monárquicas de su marido, que podrían llevarle a dejarla sacando partido de un eventual escándalo. Ante estos peligros, esta acepta una conciliación con el coronel en casa del procurador.

Durante esta conciliación, Derville le propone a la señora Ferraud que le ingrese una renta de 24 000 francos a su exesposo y que, de ese modo, el asunto quede enterrado. Pero la condesa se niega, lo que provoca la ira del militar. Este último la injuria y ella se va de la oficina.

Cuando el coronel sale del despacho de Derville, la condesa le tiende una trampa: tratando de embaucarlo, lo tienta con la esperanza de una reconciliación. Cuando lo lleva a su segunda residencia, consigue hacerle renunciar a sus ansias de venganza. Él mismo acepta conservar su condición de muerto a fin de poder revivir una historia de amor con la que fue su esposa. Sin embargo, cuando este se dispone a firmar un contrato para confirmar su renuncia, se da cuenta de la engañifa planeada por la señora Ferraud: esta no tiene ninguna intención de amarlo en secreto, sino todo lo contrario; pretende enviarlo al psiquiátrico de Charenton para deshacerse de él. El coronel Chabert, repugnado por tanta bajeza, huye del dominio y vuelve a vagar por los caminos.

Seis meses más tarde, Derville, al que el coronel nunca abonó los servicios que le prestó, se vuelve a encontrar en el tribunal a su antiguo cliente, que acaba de ser arrestado por vagabundeo. El procurador le reclama sus honorarios y el coronel, indignado porque su mujer no haya pagado nada, le firma un reconocimiento de deuda para que se lo entregue a su esposa.

Unos años después, el procurador vuelve a encontrarse por última vez con el viejo militar en un hospicio en el que le espera la muerte.

ESTUDIO DE LOS PERSONAJES

EL CORONEL JACINTO CHABERT

Jacinto Chabert es el protagonista del relato. Antiguo coronel del ejército de Napoleón, también fue conde, así como gran oficial de la Legión de Honor. Asimismo, era el primer esposo de la señora Ferraud.

Chabert, huérfano desde que nació, fue criado en un hospicio antes de iniciar una carrera militar. Gracias a sus hazañas, consiguió un ascenso social fulgurante y logró amasar una considerable fortuna. Jacinto Chabert es un hombre temido y respetado al que Balzac presenta antes de su muerte como un militar generoso, pero también extremadamente orgulloso.

El trauma de su muerte ficticia lo cambia de forma bastante radical. Así, ante las mofas de las que es objeto cuando trata de reclamar su identidad, se va transformando poco a poco en una persona humilde y desesperada, pero decidida a salirse con la suya: la determinación de la que hace alarde ante las burlas de los pasantes durante su primera visita a la oficina de Derville es un perfecto ejemplo de ello.

El hecho de que el procurador se haga cargo del asunto y le proporcione apoyo financiero hace que el coronel vuelva un poco a su antiguo carácter: así, lo vemos sublevarse contra la dificultad del sistema judicial parisino o contra las traiciones de su antigua mujer, o mostrar de vez en cuando una sólida prestancia, e incluso nos enteramos de que dedica una gran parte de la suma concedida por Derville a ayudar a una familia en apuros. Sin embargo, este retorno es muy frágil y está seguido de largos períodos de abatimiento.

Por lo tanto, el coronel Chabert se presenta ante el enfrentamiento con su antigua mujer en un estado que oscila entre el orgullo y la desesperación. La condesa encuentra en la fragilidad psicológica del coronel y en su voluntad de cerrar el asunto armas idóneas para tenderle una trampa, si bien el menosprecio de este hacia ella hace que fracase. Cuando descubre y desbarata los planes de su exesposa, el protagonista muestra un último cambio en su carácter: decide abandonar todo, ya que comprende que nunca ganará, y se marcha de camino a ninguna parte como un vagabundo.

El personaje del coronel Chabert simboliza un poco la historia de una vida: pasa de la emoción por la génesis de una segunda vida a la agonía de su crepúsculo. Este recorrido entre dos extremos ha estado plagado de vicios y de trampas, pero lo ha convertido en famoso y universal.

SEÑORA FERRAUD

Es la antigua esposa del coronel Chabert, que se volvió a casar cuando este murió. La condesa de Ferraud es el modelo del personaje corrompido por las fastuosidades de París.

Antes de que el desgraciado coronel se fijara en ella y se casaran, la señora Ferraud era una prostituta que ejercía su oficio en el Palacio Real. La enorme fortuna que recibió cuando murió su primer marido y las ventajas de su segunda unión suscitan en ella una gran sed de ganancias que siempre está intentando saciar.

Esta riqueza no tarda en convertirse en su único interés, y el amor que siente por sus dos maridos, un modo de conseguirla:

- se aprovecha de la libertad que le concede el conde Ferraud para amasar una fortuna a sus espaldas con la ayuda de su propio procurador, Delbecq;
- hace creer al coronel Chabert que el amor que él siente por ella es recíproco para que renuncie a la parte de la fortuna a la que en principio él tiene derecho.

Su apego por el dinero es extremo hasta el punto de que se niega a pagar los 24 000 francos de renta (una parte ínfima de sus bienes) que exige el acuerdo amistoso de Derville, lo que provoca que el coronel entre en cólera y que la conciliación no se lleve a cabo.

DERVILLE

Balzac presenta a Derville, un procurador que dirige su propio despacho, como un hombre íntegro, curioso, seguro de sí mismo y muy inteligente. Tiene tantas cualidades que constantemente está solicitado en un sitio y en otro, lo que le obliga a ocuparse de sus asuntos por la noche. En ese momento de la jornada es cuando recoge el testimonio del coronel Chabert, al que concede ayuda financiera y apoyo en la lucha para recobrar su identidad.

La delicada posición en la que se encuentra (es el procurador de Chabert, pero la señora Ferraud también es su cliente) le obliga a intentar una conciliación entre ambas partes, preferiblemente a un proceso que él no puede financiar, aunque esté seguro de que lo ganaría («ya sabe usted que no soy hombre capaz de encargarme de una mala causa», Balzac 2011, 32).

El resultante de este intento de reconciliación pone de relieve el único defecto de Derville: su filantropía. Este amor por el género humano hace que sea especialmente ingenuo y lo lleva a creer que todo acaba arreglándose: por ejemplo, de este modo, está convencido de que el coronel y la condesa han llegado a un acuerdo amistoso, pero después, en las últimas páginas de la novela, se da cuenta de que no es así en absoluto.

CLAVES DE LECTURA

EL MÉTODO DE ESCRITURA BALZAQUIANO

Como ocurre con la mayoría de obras de Balzac, el texto de *El coronel Chabert* que se publicó inicialmente no fue el definitivo. De hecho, la novela sufrió un gran número de transformaciones entre la primera versión de 1832 y el relato final de 1845.

Las etapas de redacción de la novela, cuyos sucesivos títulos reflejan el grado de progreso o las elecciones del autor para su relato (*La transacción* o *La condesa con dos maridos*), permiten hoy en día que los investigadores sigan los pasos de su historia. Pero, más allá del interés científico que le damos, *El coronel Chabert* es interesante porque constituye una ilustración del método de composición del autor y de las obligaciones a las que va unido.

Cuando Balzac decide abandonar su profesión de pasante para hacerse escritor y evolucionar en las altas esferas de la capital francesa, no tarda en enfrentarse a graves problemas de dinero y contrae deudas. Para intentar salir de esta espiral infernal, el autor solo encuentra una solución: escribir y seguir escribiendo hasta que el éxito lo convierta en un hombre rico.

Entonces, se somete a cadencias infernales de composición para lograr su objetivo: dedica unas catorce horas al día a escribir, a menudo horas tardías o a veces al volver de una fiesta. Tiene mucho cuidado de no gastar: redacta sus novelas en borradores que previamente ha presentado a sus editores. A menudo con prisas por falta de tiempo o por dificultades financieras, envía sus novelas a la imprenta sin haberlas releído apenas, lo que explica las diferencias de estilo que podemos encontrar en su obra.

Por consiguiente, entendemos el interés de Balzac de publicar con el paso del tiempo las diferentes versiones de un relato como *El coronel Chabert*: estas últimas versiones no requerían tanto trabajo como una novela y le aseguraban unos ingresos de los que difícilmente podía prescindir.

A pesar de un éxito que no cesará a partir de *Papá Goriot*, grandes tiradas y un reconocimiento internacional, Balzac nunca conseguirá encontrar un equilibrio financiero y su ritmo de trabajo hará que su fin se adelante.

LA PERTENENCIA A *LA COMEDIA HUMANA*: REALISMO Y REGRESO DE LOS PERSONAJES

El realismo de Balzac

En el siglo XIX, se desarrolla una corriente denominada realismo, la cual consiste ▯entre otras cosas▯ en describir la realidad en las obras literarias y hacerlo de un modo muy fiel.

Balzac adhiere a esta estética e inyecta parte de realismo en sus novelas, esencialmente en dos planos:

- el psicológico y moral. Cuando el autor, por ejemplo, describe un personaje, se detiene mucho en su carácter y

sus maneras, cosas a las que antes no prestaba atención;
• el físico. Balzac pone especial cuidado en el carácter real de los lugares en los que se desarrolla la acción. Así, las descripciones que hace de estos están repletas de detalles sobre la arquitectura, sobre el material que se encuentra en ellos o sobre posibles acontecimientos que se habrían desarrollado ahí. Asimismo, no duda en comunicar nombres de calles («[Chabert] vivía en el arrabal de Saint-Marceau, calle del Petit-Banquier», Balzac 2011, 21) o de periódicos conocidos («solo necesito un poco de tabaco y El Constitucional», Balzac 2011, 44) de la época para ayudar al lector a imaginar mejor la escena. Los personajes no se quedan atrás, puesto que el autor siempre insiste mucho en su apariencia en las descripciones.

Podemos constatar una aplicación de este doble eje en la descripción que el escritor hace del estudio de Derville:

• al principio de todo, Balzac insiste en la atmósfera bonachona y seria al mismo tiempo del lugar;
• a continuación, se esmera en hacer el inventario del lugar y de las actividades de los pasantes. Para dar un toque de realidad a este trabajo, pone en boca de sus personajes fórmulas utilizadas a menudo en la profesión que él ha podido oír durante su propia experiencia como pasante;
• finalmente, dedica tiempo a describir el carácter y la vestimenta de los diferentes miembros del estudio.

El regreso de los personajes

Una de las grandes innovaciones de Balzac en el campo novelístico es la de haber reutilizado a varios de sus personajes en diferentes obras. De hecho, anteriormente, nunca se había imaginado utilizar el protagonista de un relato en otra historia que no fuera para la que había sido creado.

Derville constituye el ejemplo perfecto de este proceso de retorno de los personajes: así, el procurador de Chabert reaparece en otra novela de Balzac, *Papá Goriot* (1835), donde defiende al protagonista de la trama en un asunto judicial. Además, el dueño del bufete hace una alusión muy clara a este caso al final de *El coronel Chabert* («Yo he visto morir a un padre en un granero sin medio alguno de subsistencia, abandonado por dos hijos a los que había dado cuarenta mil francos de renta», Balzac 2011, 50).

LOS TEMAS DE *EL CORONEL CHABERT*

El amor

Motor esencial de la historia, el amor se presenta no como una fuente de beneficios, sino más bien como la causa de las desgracias que golpean especialmente a la pareja Chabert:

- Chabert. El alma bondadosa que presenta a lo largo de todo el relato le lleva incluso a creer en la posibilidad de una reconciliación amorosa. La señora Ferraud saca provecho de esta debilidad fingiendo restaurar su relación de antaño para poder engañarlo mejor. Aunque Chabert se da cuenta a tiempo de la superchería, esta traición, provocada por su pasión, le lleva a abandonar todo y a desaparecer definitivamente;
- la señora Ferraud. Como ya hemos explicado antes, la condesa utiliza mucho el amor para conseguir sus

objetivos, ya sea con el coronel Chabert o con el señor conde. Pero el gran amor que ella le profesa a este último la coloca igualmente bajo una amenaza amorosa: de este modo, tal y como señala Derville, la voluntad de su marido de llegar a ser par de Francia podría llevarlo a dejarla, hecho que para ella resultaría una gran desgracia.

El matrimonio

El matrimonio es una institución que Balzac siempre ha tratado con horror (aunque él mismo se haya casado dos veces). Así, las primeras *Escenas de la vida privada* que publica en 1830 y a las que tardíamente añadió el relato de *El coronel Chabert* ilustran, en su mayoría, el tema de la unión matrimonial y las consecuencias desastrosas que esta provoca.

El coronel Chabert también desarrolla una visión nefasta del matrimonio. De hecho, si leemos atentamente la trama del relato, nos damos cuenta de que el matrimonio del protagonista con su mujer genera un gran número de obstáculos en su regreso oficial a la vida.

De forma general, Balzac considera que el matrimonio está basado en el interés y no en el amor puro. Por ejemplo, constatamos que la señora Ferraud olvida inmediatamente a su primer marido cuando este muere y que finge no reconocerlo para continuar gozando de su nueva situación. Disfruta de la libertad que le da su segundo esposo para enriquecerse a sus espaldas. Sin embargo, vive con miedo de que el conde la deje para obtener un puesto más importante gracias a una unión más ventajosa.

El dinero

El universo en el que viven los personajes de *El coronel Chabert* gira completamente alrededor del dinero, que además es la preocupación principal de los protagonistas:

- Chabert. Su objetivo primero cuando va a buscar a Derville es recuperar su fortuna;
- la señora Ferraud. Toda su vida gira en torno a cosas pecuniarias. Dedica la mayor parte del tiempo a amasar riquezas por su propia cuenta, dinero del que piensa que es legítima propietaria y que se niega a ceder;
- Derville. Contrajo importantes préstamos para comprar su estudio y se ve obligado a mantener un ritmo de trabajo infernal para poder pagarlos.

PISTAS PARA LA REFLEXIÓN

ALGUNAS PREGUNTAS PARA PROFUNDIZAR EN SU REFLEXIÓN...

- ¿En qué consiste el realismo de Balzac en *El coronel Chabert*?
- ¿Hay, en la propia obra, elementos que le proporcionen información sobre el método de escritura de Balzac? Si es así, ¿cuáles son?
- ¿Qué visión del matrimonio presenta Balzac en su relato? ¿Es original?
- ¿Cómo refleja esta obra la época en la que se publicó?
- ¿Qué une *El coronel Chabert* con el resto de *La comedia humana*?
- ¿Piensa usted que esta obra constituye de algún modo una denuncia? Si su respuesta es afirmativa, ¿qué denuncia Balzac en su relato?
- En su opinión, ¿qué ha hecho que Balzac sea uno de los mayores escritores de su siglo? ¿A qué se debe su éxito?
- Compare el relato con sus adaptaciones cinematográficas.

PARA IR MÁS ALLÁ

EDICIÓN DE REFERENCIA

- de Balzac, Honoré. 2011. *El coronel Chabert*. Traducido por Joaquín García Bravo. Madrid: Funambulista. E-book en PDF.

ESTUDIOS DE REFERENCIA

- Bardèche, Maurice. 1944. *Balzac romancier*. Bruselas: Raoul Henry, colección *Essais et Critiques*.
- Aron, Paul, Denis Saint-Jacques y Alain Viala. 2004. *Le Dictionnaire du littéraire*. París: PUF, colección *Quadrige*.
- Guillaume, Michel-Maurice. 1950. "Balzac", *Histoire de la littérature française*. París: Emmanuel Vitte.
- De Beaumarchais, Jean-Pierre, Daniel Couty y Alain Rey, dir. 2001. *Dictionnaire des écrivains de langue française*. París: Larousse.

ADAPTACIONES

- *Le Colonel Chabert*. Dirigida por André Calmette y Henri Pouctal, con Claude Garry, Romuald Joubé y Aimé Raynal. 1911.
- *Il Colonello Chabert*. Dirigida por Carmine Gallone, con Umberto Znuccoli, Charles le Bargy y Rita Pergament. 1920.
- *Un Homme sans nom*. Dirigida por Gustav Ucicky y Roger Le Bon, con Fernadel, Firmin Gémier y Robert Goupil. 1932.

- *Le Colonel Chabert*. Dirigida por René Le Hénaff, con Raimu, Marie Bell y Aimé Clariond. 1943.
- *El coronel Chabert*. Dirigida por Yves Angelo, con Gérard Depardieu, Fanny Ardant y Fabrice Luchine. 1994. Esta última adaptación fue nominada varias veces a los Premios César.

EN RESUMENEXPRESS.COM

- Guía de lectura de *Eugenia Grandet* de Honoré de Balzac.
- Guía de lectura de *Ilusiones perdidas* de Honoré de Balzac.
- Guía de lectura de *La prima Bette* de Honoré de Balzac.
- Guía de lectura de *Papá Goriot* de Honoré de Balzac.

ResumenExpress.com